TE PROPONGO RECORDARNOS

un libro de Gisela Fontainés

Primera edición: marzo, 2023.

©2023, Gisela Fontainés
©Maquetación y edición: Alexandra Lemi [@alexandralemi.art]
©Ilustraciones: Josmeri Jimenez [@josmerijimenez]
©Fotografía: Jimmy Vasquez.

Todos los derechos reservados.
No se permite la reproducción total o parcial de esta obra, ni su incorporación a un sistema informático, ni su transmisión en cualquier forma o por cualquier medio (electrónico, mecánico, fotocopia, grabación u otros) sin autorización previa, y por escrito, de los titulares del *copyright*.
La infracción de dichos derechos puede constituir un delito contra la propiedad intelectual.

Índice

Prólogo — 11
Introducción — 16
Inicio — 19
Saboteo — 21
Lo que fue — 23
Obra de teatro — 25
Viajándote — 27
Que te ame — 31
Amor de mi vida — 33
Más allá del tiempo — 34
Primer plano — 35
Incompletos — 37
Te echo de menos — 38
Estrella Fugaz — 41
La agonía de la ilusión — 42
Tú — 43
Carta al amor — 45

La curva de tus labios	49
A pesar de todo y nada	50
Éxtasis	53
Contigo	54
Anhelo	55
Ironías	56
Desdibujándote	59
Amor 4 x 4	60
Amores	61
Karma	63
Desde mi adn	64
Doble Vida	65
Invierno Estacional	66
Hubiésemos	69
Desilusión	70
Mi Música	72
Sobrevivir	73
Oxígeno	74
Ya no	76
Viajar contigo	77
Tic tac	81
Funeral a un Vivo	82

Tu Nombre	85
Tiempo	87
Vivamos	89
Ruptura Anunciada	90
La Herida	92
Caducamos	94
Tus Sonrisas	97
Eres	99
Luna	101
Brindis	102
Para ti	105
Credo	106
Dormirnos	107
Causa y Efecto	108
Siete Vidas	109
Mi Mundo	110
Amarte	111
Tu Boca	113
Ámame Siempre	114
Cosquillas en el Alma	115
Doce Meses	116
Al Filo de la Cama	117

Labios de Café	118
Te Propongo Recordarnos	121
Agradecimientos	123

Prólogo

Para recordar...

A lo largo de estas páginas, Gisela habla del ser amado cuando se transforma en recuerdo y es presencia permanente a pesar de la ausencia física. Quiero, en estas líneas, poner en contexto presente su persona y su voz activa: a la amiga, a la periodista, a la luchadora social, y a la poeta quien, a Dios gracias, no es solamente una remembranza, sino alguien importante para quienes la estimamos y reconocemos, día a día, su labor. Quiero, sobre todo, dejar constancia de su gran calidad humana; quiero dar testimonio de la mujer que ama sin miramientos, y muestra a todos su amor sin complejos... un amor que es clamor en tiempo presente y que, como todo, también experimenta tropiezos.

En estos poemas, Gisela habla del amor que ya no está, pero no desde el despecho, sino desde la presencia viva que es el recuerdo que siempre acompaña, que está ahí permanentemente, cualquiera que sea la circunstancia por la que se atraviese o que se padezca. Esas memorias que no paralizan por lo triste, sino que motivan, que empujan a seguir viviendo porque son remembranzas que son vida, combustible, empujón, impulso. Que forman parte de ti, de mí, de todos, y que son motor.

En estos versos, Gisela le canta al amor que no ata, al verdadero, al que da libertad, al que es desprendido; a ese que es amor, independientemente a quien se quiera. Al amor que deja huella, que es impronta, a la nostalgia que es parte del amor que ya no está, más que en el pensamiento, en el corazón, en la vida.

En sus poemas, Gisela le canta a un amor que es libre —como libre es la elección de amar a quien quiera y cuando se quiera—. A ese sentimiento que no amarra, que no es yugo, sino placer compartido, vivido, y libertad.

En cada composición, describe a un amor con alas, uno que deja de aletear cuando encuentra con quien hacer nido, pero que también las mueve, se eleva, y se va cuando siente deseos de irse. Es allí cuando el amor se convierte en nostalgia, y la presencia del otro es solamente una añoranza.

Y es que, estas páginas, son una invitación a recordar…

Pero es que, *¿cómo olvidar?*

Cómo olvidar a Gisela, esa mujer que conocí en Nueva York batallando, prestando su brazo a otros, auxiliando a compatriotas que —como ella o como yo— vinieron a estas tierras a labrarse el futuro que la propia patria nos negó, o mejor decir, los canallas cuyas manos la dirigen. Bien desde la Fundación "El Cocotero", o desde sus plataformas, en Gisela siempre hay tiempo y un espacio para el coterráneo.

Desde aquel día cuando la vi por primera vez, Gisela ha emprendido vuelo a través de distintas iniciativas, como a través de su página "Rostros del Exilio", que da tribuna a los millones de exiliados que han huido de Venezuela debido a la crisis económica, social, política, y humanitaria que nuestra nación padece.

Un vuelo que también ejecuta desde las plataformas en las que tiene presencia, investigando, entrevistando, informando y, principalmente, dando a conocer la triste realidad en la que está sumida Venezuela por culpa de los malhechores que la someten. O con la entrevista como instrumento desde su canal de Youtube, "No se Edita", desde el cual invita a las personas a bregar por sus sueños.

Gisela es, pues, dueña de una sensibilidad que transmite desde la oralidad o que plasma en el papel, no solamente en forma de prosa cuando ejerce como periodista, sino también desde el verso cuando, como ahora, derrama su sentir en cada hoja: primero en *"Letras Desenfrenadas"* (octubre, 2020) y en esta ocasión en *"Te Propongo Recordarnos"*.

Nacida en la puerta de los llanos centrales venezolanos —San Juan de los Morros, capital del estado Guárico fue su cuna—, Gisela Fontainés estudió Comunicación Social en la Universidad Arturo Michelena del estado Carabobo, de donde egresó en el 2012. Sin embargo, no necesitó del título para comenzar a ejercer su vocación periodística, pues desde tiempos de estudiante sus vacaciones escolares, lejos de ser un descanso, eran una oportunidad para laborar en los medios locales de su ciudad natal, tanto en prensa escrita, como televisión, y radio. Allí adquirió el fogueo que le permitió, tan pronto terminó sus estudios en la UAM, convertirse en corresponsal del diario "El Periodiquito" en la entidad llanera, donde cubrió diversas fuentes —comunidades, política, trabajos especiales, y de investigación—, lo cual le dio la versatilidad necesaria para moverse en distintas áreas del periodismo. Estaba adquiriendo el background —la cancha— que todo comunicador requiere para aguzar el ojo y la pluma, porque si algo es el periodismo, es observación.

Ya profesional también ejerció la docencia como profesora de Periodismo y Comunicación Gráfica en la Universidad Rómulo Gallegos (UNERG). Pero su trabajo no se limitó a la docencia, sino que se extendió a la investigación, a hurgar detrás de la noticia, de lo aparente, a preguntarse la razón de las cosas, a pisar callos.

Eran los tiempos en que, Ramón Rodríguez Chacín, se desempañaba como gobernador de Guárico, y a este comenzaron a parecerle "incómodas" las averiguaciones de Gisela sobre la inseguridad, pero, sobre todo, aquellas que daban cuenta de los vínculos de su administración con el movimiento Tupamaro (Tendencias Unificadas Para Alcanzar el Movimiento de Acción Revolucionaria Organizada): una organización revolucionaria —terrorista, más bien— con un oscuro prontuario en Venezuela. Por ello, tuvo que renunciar a su trabajo en la casa del saber.

Gisela simplemente hacía lo que obliga el periodismo: mostrarle al mundo cuando "el rey anda desnudo", darle a conocer a todos acerca de la naturaleza criminal del régimen venezolano. Y eso no gustó.

Había revuelto los lodos de la revolución chavista y la pestilencia que estos traen, por lo que la bota del régimen se hizo sentir con tanta presión hasta que, como muchos, debió salir del país.

Pero Gisela no olvida, no puede, porque la patria se lleva en el corazón, nos acompaña a donde quiera que vayamos y, desde esa tribuna palpitante, hoy nos invita —o, mejor dicho: ***nos propone recordar.***

—Maibort Petit.

Introducción

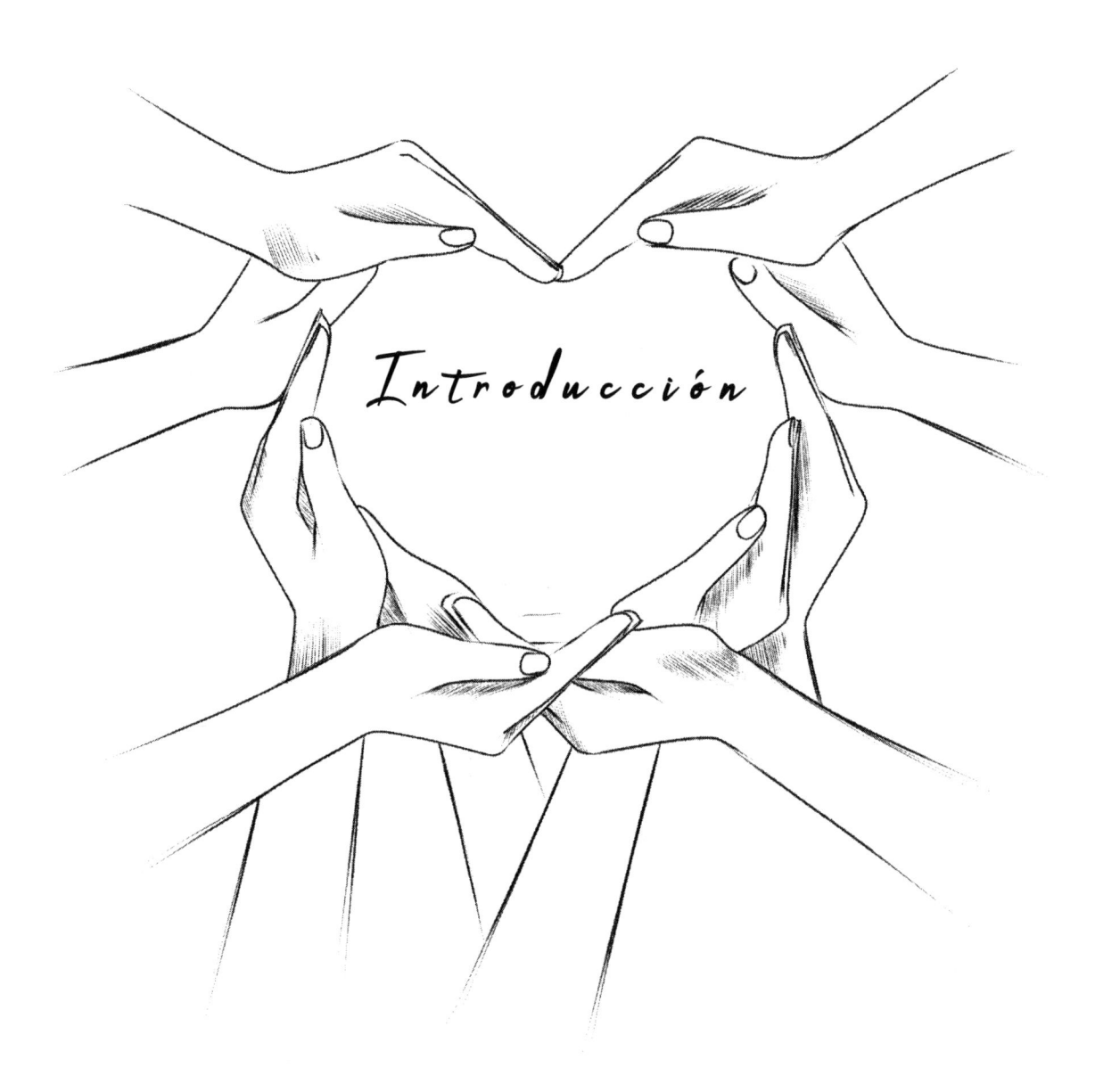

Escribir un poemario para honrar al amor con sus altibajos, me ha llevado a reflexionar un poco más allá de lo que, como seres humanos, hemos evolucionado, y también involucionado, según la subjetividad de cada cual.

Durante épocas hemos visto cómo la moralidad se sirve en la boca de aquellos que, cuando nadie los ve, hacen lo impropio. Por ejemplo: aquel que critica a las prostitutas, pero no falta una noche a ese bar donde las encuentra. O la que atiende, todos los días, a la liturgia, pero sus actos desconocen la profundidad de la bondad.

Como individuos nos hemos dado a la ardua tarea de criticar y dañar a quienes actúan y difieren de nuestros pensamientos, dejando de un lado el respeto, el cual, por generaciones, se ha transformado como "no infligir" a los mayores… pero los menores pueden ser ignorados, aniquilados y, por supuesto, irrespetados.

Me pregunto: si el amor nos hace, ¿por qué lo que creemos correcto para cada uno nos divide? Amar es, simplemente, el acto de sentir que, más allá de las diferencias, queremos cuidar, valorar, validar, y respetar a cualquier persona por lo que es.

Cuando hago tanto énfasis al respeto, es porque me parece absurdo —como doloroso— que, en la actualidad, todavía tengamos que presenciar cómo asesinan a alguna persona homosexual por discordar los gustos de algún heterosexual. Cómo asesinan a una mujer por contrariar una religión. Cómo abusan de niños y niñas por ser indefensos.

Todos somos necesarios para este lugar llamado *mundo*. Amándonos y respetándonos podemos tener un gran impacto en nuestro círculo social. No debemos limitarnos al pensamiento de ***"yo solo no voy a cambiar el mundo"***, porque te aseguro que, cuando menos lo esperas, hay alguien observándote y copiando tu comportamiento, ya sea para bien o para mal.

Este libro es un llamado a la tolerancia en todos los sentidos; somos varias generaciones habitando el planeta y coincidir se dificulta, pero no es imposible. Cuando veo a parejas demostrándose cariño, solo veo eso: dos personas amándose sin importar el sexo. Y si a ti, querido lector, se te dificulta el tema, te invito a leer este libro, para luego detenerte en las ilustraciones que hablan y expresan *amor*.

Esto es a lo que hemos venido: a amar, ser felices, y personas de bien. La vida es un viaje sin boleto de regreso, así que, en estas páginas, les dejo la intensidad de ese amor que no se olvida, pero que ya no duele. De ese que te acompaña, incluso sin su presencia física. Del que te hace sonreír y, otras veces, humedecer los ojos gracias al recuerdo.

A ti, que me lees. A ti, que disfrutas mis poemas. A ti, que me has acompañado desde la publicación de *"Letras Desenfrenadas"*. A ti, que acabas de llegar a mi vida: te agradezco por unirte a mi comunidad, y *te propongo recordarnos*.

Gracias por el cariño.

Te Propongo Recordarnos

Inicio

Tú y yo
seremos siempre
ese par que todos extrañan
ver tomados

de la mano…

Gisela Fontainés

Saboteo

¿Has amado de esa loca manera en la que no importa
si el mundo explota porque ya lo viviste a su lado?

Esa forma tan rara de amar en la que no importa
el jodido frío del invierno,
                    porque sus palabras lo c a l i e n t a n.

¿Has amado de esa particular manera en que tu recuerdo favorito,
a pesar de todo lo vivido, sigue siendo su sonrisa?
¿Has amado dejando tu alma instalada en su memoria
saboteando a sus nuevos amores?

Gisela Fontainés

Lo que Fue

¡Y aquí estoy! Comenzando a escribir la página que jamás imaginé redactar.

Sí, la misma que me dijiste que no iba a formar parte de la historia, pero aquí yace hoy, más latente que la vez en que salió a relucir en aquella conversación.

Fíjate cómo el tiempo es sabio, y no se e q u i v o c a.

Como lo que dijiste que nunca sería, y acabó siendo.

¡Oh, amor, cómo quema!

¿Qué inspección tendría que hacer al pasado para lograr comprender lo que sucedió dentro de ti? ¿Qué fue de aquel amor que me juraste tantas noches? ¿Qué fue del *te amo* en medio del orgasmo arañándome la espalda?

Sí, necesito de respuestas.

Necesito saber qué pasó.

Cuando fue que dejaste de sentir, de amar… cómo fue que te convertiste en todo lo que juraste nunca ser.

Dime, ¿cuándo, mirando la misma luna, te entregaste a otros brazos?

Gisela Fontainés

Quisiera saber cuándo cambiaste las noches de poesía por cualquier tontería…
cuándo dejaste de sonreír por las pequeñeces que te hacen ilusión.

Y ahora, te veo, viviendo al ritmo que toca la sociedad que, después de tantos siglos, sigue sin encajar en lo que nunca debemos fallar como seres humanos:

el amor y la felicidad.

Obra de Teatro

¿Cómo fue que tuviste el valor de hacerme polvo sin volverme la mirada?
¿Cómo fue que se te olvidó que daba la vida por ti antes de que llegases a existir?
¿Cómo fue que te helaste en medio de este verano floreciente?

Sí, me quebré.

                    Me despedacé.

Me desmoroné.

Pocos hablan de su herida como yo lo hago al recordarte. Porque, aun sin echar costras, te convierto en poesía. Y es que no sé hacer nada más desde que te atravesaste en mi puto camino.

¡Duele! ¡Duele pensar que todo este tiempo nunca estuve contigo!

Que, si de actuaciones hablamos, la de haberme amado te mereció el mejor de los premios.

Gisela Fontainés

Viajándote

Te viajé escuchando un Bossa Nova,
recordando cómo, hace mucho, me presentaste una nueva forma
de descansar a través de sus melodías.

Te viajé caminando a pasitos
las arrugas que bordean tus labios.

Te viajé aun estando estática, con la recurrencia de tus ocurrencias.

Te viajé cuando me desconocía.
Te viajé cuando me heriste.
Te viajé cuando me soltaste.

Te viajé en las muchas tazas de café
que no lograron aliviarme el alma.

Te viajé
cuando tú ya tocabas otro cielo.

Te viajé en muchas tierras,
bajo la misma luna,
y muchos soles.

Te viajé cuando me había acabado

el inventario de lágrimas de un año entero
en tan solo un par de horas.

Te viajé siempre que pude
que no te quise
y que te deseé.

Te viajé cuando dejé de creerte
pero no de amarte.

Te viajé en cada recuerdo
a millones de luz
solo para darme cuenta
—una vez más—
que siempre fuiste, y serás tú,
todos mis viajes.

Gisela Fontainés

Que te Ame

¡Que sí!

Que espero que te ame
como si no existieran más espaldas por recorrer
en esta vida.

Que te ame
como si cada lunar
fuera un día menos a tu lado.

Que te quiera tanto
que al abrir sus ojos por la mañana
los tuyos se llenen de esos *te amo*
que son infinitos.

Espero que te ame tanto y más
que no necesite abrir la ventana
para refrescar su cabeza recalentada
de tanto pensarte.

Que te ame
como si tus manos estuviesen
en peligro de extinción,
y como si tu sonrisa abasteciera de energía

Gisela Fontainés

a almas enteras.

¡Que te ame
como si no hubiese más vida
después de esta!

Que te ame
como jodidamente intenté hacerlo,
logré sentirlo,
y lograste destruir.

Que te ame comprendiendo
que es en la taza de color rojo
donde te gusta el café
y en la alcoba
todos los abrazos.

Que te ame tanto
como para entender
que los años van deprisa,
y que hay que coger el tren
para alcanzar la estación donde se llega a enloquecer.

Que te ame…
que te ame como si la vida
no le alcanzara
porque tú eres más
que esta vida…

                                                   tú eres muchas más.

Te Propongo Recordarnos

Amor de mi Vida

Hoy recordé que alguna vez te dije
que eras tú el amor de mi vida.

Y aunque ya no estés en ella,
lo sigues siendo.

Gisela Fontainés

Más Allá del Tiempo

El tiempo es eso que se tatúa cuando no estoy contigo,
pero que se acorta cuando vives en mí.

>Y aquí sigo yo,
viviéndote eternamente.

Primer Plano

¿Cómo le dices a esta jodida nostalgia
que mis labios no volverán
a acariciar tu nuca?

Es que el tiempo va en picada
y mis dedos aún reconocen tu textura.

Mi piel aún siente
lo abultado de tus lunares.

Cómo le pides a esta mirada
que no se inunde en recuerdos
si todavía te lleva de primer plano
en las *pupilas*.

Gisela Fontainés

Te Propongo Recordarnos

Incompletos

Aquí voy yo

                                                       allá vas tú.

Sabiéndonos vivos
                aunque

i   c   m   l   t   s.
  n   o   p   e   o

Te Echo de Menos

A mis días
les hacen falta
nuestro *todo*
absoluto.

Gisela Fontainés

Te Propongo Recordarnos

Estrella Fugaz

Mi
deseo
por
muy
imposible
que
parezca

siempre
serás
tú.

Gisela Fontainés

La Agonía de la Ilusión

No existen daños reparables

                pero sí existen corazones enamorados.

Tú

¡Tú! Que me dices:

—Ve, y sé feliz.

                                                  ¡Y qué problema!
                                            Porque mi felicidad
                                               lleva tu nombre.

Gisela Fontainés

Te Propongo Recordarnos

Carta al Amor

Comenzaré hablando de ese perfume que me regalaste. Ese que me quedó bien, aun cuando tenías poco conociendo los estragos de mi PH.

A veces no encontramos respuestas a tantas interrogantes, pero yo las hallé en el perfume, que fue tan sabio que decidió terminarse cuando tú y yo también terminamos.

Y ahí mantengo el frasco, como esos trofeos que dejas empolvar. Quizá no sea un trofeo, pero es lo más cercano que tengo a ti después de haber creado un universo a base de recuerdos.

Los pájaros van revoloteando el cielo, acariciado por los rayos del sol, haciendo inevitable que te piense y te reviva.

Porque así fuiste
y así eres.

Cuando te vivo desde mis entrañas eres cielo, eres sol, brisa fresca. Eres el tren que siempre quiero tomar, y la estación a la cual quiero llegar una y todas las veces que sean necesarias.

Eres apoyo, aun y cuando tu hombro lo dibuje en mi mente. Eres laberinto, y vaya que me sigo perdiendo en tus caminos.

Gisela Fontainés

El amor se transforma, y este ha mutado sin parar y, aunque hoy sea un poco distinto, sigue siendo amor… amor del bueno.

Amor que ya no necesita de estas palabras porque lo respiras en cada bocanada de recuerdos. Amor que se fortaleció con millas, y que seguirá estando, incluso cuando las ilusiones tengan que correr por separado. Incluso cuando tus manos y las mías estén acompañadas por unas distintas.

Siempre serás mi referente
cuando me pregunten
por amor.

Gisela Fontainés

Te Propongo Recordarnos

La Curva de tus Labios

Si hablamos de curvas,
la que se te dibuja cuando sonríes
es mi favorita.

Gisela Fontainés

A pesar de Todo y Nada

Vivirte no es tenerte.
Respirarte no es tocarte.
Extrañarte no es necesitarte.

Quererte…

Quererte es viajar contigo
en el corazón.

Gisela Fontainés

Éxtasis

¿Qué puede importar
lo irregular del camino,
siempre y cuando
te lleven a la gloria?

¡Corrección!

Siempre y cuando
me lleven
a tu boca.

Contigo

Existen muchas formas
de hacer el amor…

Y una de mis preferidas
es despertar y ver al amor
a mi costado.

A ti, mi amor,
siempre de mi lado.

Anhelo

Si me preguntan
qué prefiero
entre hacer el amor
y tener sexo
diría que elijo dormir contigo
todas las noches
mientras te beso la espalda.

Ironías

Y ahí va, con los ojos brillando,
sonriendo,
tocándose el cabello,
con los nervios traicionándole los labios,
suplicando un beso
en cada mirada…

Pero sujetando
otra
mano.

Gisela Fontainés

Te Propongo Recordarnos

Desdibujándote

El tiempo va
haciendo de las suyas.

Desdibujando tu rostro
de a poco,
dejándote como acuarela.

A veces ausente,
otras presente.

Pasando las horas,
intentando borrarte por completo
de esta mala memoria.

Amor 4x4

Si a la vida hay que agregarle más emoción
entonces pongámosle
tu nombre.

Te Propongo Recordarnos

Amores

Benditos y afortunados
sean todos y cada uno de aquellos
que van por la vida
haciendo el amor…

—amándose—

Gisela Fontainés

Karma

Cada vez que el karma llame a tu puerta
recuerda cada uno de esos cafés
que te llevé a la cama.

Gisela Fontainés

Desde mi adn

Si la vida quiere que te guarde,
y no que te disfrute,
entonces déjame llevarte

                               en las entrañas

y disfrutarte desde

                         el corazón.

Doble Vida

Llevo días preguntándome…

¿De dónde saca la fortaleza para no derrumbarte
al ver su torpe mirada enamorada
encontrarse con tus ojos llenos
de doble vida?

Gisela Fontainés

Invierno Estacional

¿A los cuántos inviernos

      el amor se convierte en

r
e
c
u
e
r
d
o
s
?

Gisela Fontainés

Hubiésemos

No cree en los *hubiésemos*
pero, qué tal si…

Hubiésemos decidido estar una noche más,
o dejado nuestras miradas perderse una en la otra.

¿Y si hubiésemos plantado una planta más?
O escuchado el eco de la risa un par de horas.

¿Qué hubiese pasado si aún tu sonrisa
condujera hasta mi boca?

¿Qué hubiese pasado
si en lugar de los hubiese
estuviéramos?

Desilusión

El amor no duele,
duele el desbarate
de ilusiones.

Te Propongo Recordarnos

Todo lo bueno de esta vida
viene con pecas
y una taza
de
café.

Mi Música

¡Qué puede importar el tiempo
cuando es el eco de tu risa
la pista de fondo!

Sobrevivir

¿Qué hay del vino que aún no toca tu boca?

¿Qué hay de ese mapa infinito de lunares
que te acompañan sin haber sido
recorridos?

¿Qué hay de esa recién estrenada sonrisa tímida?

¡Cuéntame!

¿Cómo le haces para llevar a cuestas
el cielo más hermoso de pecas sin poesía,
sin vino,
sin música,
y sin mis labios caminándolo?

Oxígeno

Despertar antes de ti solo para aprovechar el tiempo antes de la ducha
y quedarme viéndote.

Detallar el rizado de tus pestañas,
y sonreír recordando qué divinas
se sienten sobre mi piel.

¡Cómo amo tu boca!
Ese borde que delinea tus labios
que se hacen míos de a ratos.

Te observo, ahí, durmiendo,
batallando en sueños,
sueños que culminan dormidos
ante nuestra paz.

Cuán maravilloso es reconocer
que mi paz lleva tu nombre,
y la tuya
mi compañía.

Te beso incluso cuando duermes,
y sonríes.

Te Propongo Recordarnos

Lo haces porque sabes que te estoy admirando
como ese premio que gané
siendo niña,
cuando fui yo quien triunfó
entre decenas de niños.

Y aquí estoy,
cuidándote,
amándote como ese premio,
con la única diferencia
de que no luché por ti
porque la vida te puso
en mi camino.

Y hoy que estás aquí,
a mi lado,
durmiendo,
quiero que sepas
que me gusta a exageración
respirar el aire que sale
de ti...

Cuando en ese tiempo
—que despiertas
y vuelves a vencerte por el sueño—
me llamas

      o x í g e n o.

Ya no

No es que no escriba porque ya no estés.

Sino porque ya

no

te

vivo.

Viajar Contigo

Ir de viaje contigo, mi amor.
Esperar ansiosamente cada luz roja
para atragantarte con besos.

Servir de almohada en algún aeropuerto,
esperar llegar a las nubes para disfrutar
mi sueño de cerca: *tú, con las estrellas de fondo.*

Qué bonito tenerte hecha realidad,
qué bonito sentir tu mano buscando la mía
para calmar tus nervios,
o para asegurarme que ahí estás:
                                amándome.

Ir de viaje contigo, mi amor.
Descubrirte sin ropa de camino a la ducha
con lunares desordenados a lo largo y ancho de tu ser.
Sentarme y pensar cómo jugar con ellos,
vivirlos hasta formar una constelación,
o dejarlos y tan solo contarlos con mis labios.

Ser tan tonta como para perder la cuenta

Gisela Fontainés

y volver a empezar
hasta terminar en tu cuello y tu boca,
donde tienes mi constelación favorita…

Por ahí se sitúa
mi osa mayor.

Ir de viaje contigo, mi amor.
Perderme en tus ojos mientras hablas
para detallar el movimiento de tus labios.

Aquí estoy,
viajando a kilómetros
aun cuando te tengo frente a mí.

Ir de viaje contigo, mi amor.
Subir y bajar en distintas estaciones,
pero tomando el mismo tren,
y tomándote a ti de la mano.

Gisela Fontainés

Tic Tac

El tiempo te enseña
          que amar
               también es desear
                    que estés bien.
.

Gisela Fontainés

Funeral a un Vivo

Perdí la cuenta de los días que tengo llorándote, llorándote como que te hubieses ido de este mundo o de este planeta. Como que mañana el teléfono no pudieras contestar, o como quien reza, cada noche, antes de irse a dormir.

Llorarte ha pasado a ser parte del sistema de mi reloj: no hay hora fijada, pero sí las lágrimas rodando mejillas abajo.

¿¡Cómo lloras a un vivo!?

Lo lloras cuando los recuerdos se pasean tal cual galería fotográfica por mis pupilas. Cuando crees que estás durmiendo, y simplemente estás viendo algo distinto a la realidad que te rodea. Cuando asomas la nariz a la taza de café y te llega el sabor de cómo te lo preparaba.

Lloras y lloras porque la mente te juega sucio, y los recuerdos se intensifican. Te pasas horas con la mirada fija en algún punto perdido, y solo estás ahí, saboreando una lágrima más, porque recordaste el día en que se escapó de una reunión para verse contigo.

Lloras porque acabas de recordar cómo era preparar la cena en compañía. Lloras, y no paras de llorar, porque a medianoche, cuando quieres acariciar su espalda, solo hallas el vacío de una almohada entre tus brazos.

Te Propongo Recordarnos

Y sí, lloras al que está vivo porque quieres que esté muerto en el fondo de tu ser. Lloras al vivo porque el hecho de que no te pertenezca te hace sentir como un cadáver con baterías. Lloras al vivo porque te destroza cada noche que pasas sin recibir su beso con la despedida de *buenas noches.*

¡Y sigues llorando porque no muere! Porque te das cuenta de que, aunque muera, siempre estará vivo en tus recuerdos, en tu historia, camino, en las marcas que se van asomando en la piel, y en aquel beso que todavía llegas a saborear.

Y en este funeral de los vivos le lloras, te revuelcas de dolor, te autoflagelas, le extrañas en silencio…

Y ambos siguen vivos,
aunque alguno haya quedado
m u e r t o.

Gisela Fontainés

Tu Nombre

Tal vez no alcancé a decirle
que era el eco de su risa
la pista a la que le dejaría el *bis* presionado.
Que su recóndita ternura me hacía amarle,
sin saber siquiera qué era eso
que me apretaba el pecho.
Que abrazarle hasta sentir
su pulso y miedos
era mi mejor cobijo.

Tal vez no pudo comprenderme
cuando le decía que ojalá hubiese
llegado antes,
porque no podía entender
cómo había perdido tantos años
sin su manía.

Pero, entonces
se me ocurrió decirle:

Gisela Fontainés

—Quiero encontrarte en todas mis vidas, porque esta es muy corta para lo extraordinario y desenfrenado que siento. Esto a lo que muchos llaman *amor,* y yo solo logro llamarlo cuando pronuncio tu nombre.

Tiempo

Y el tiempo sigue pasando
no se detiene
es irrompible
irremediablemente puntual.

No da treguas
marca y marca
tanto, o más, que las arrugas en el rostro.

Tiempo que vale
que sucede
cobra
vive
tan voraz y firme
elocuente.

Tiempo que es protagonista de vidas
cuando cerramos los ojos
tiempo que a la vuelta de los días
nos hace un poco sabios.

Tiempo.
Tiempo.
Tiempo.

Gisela Fontainés

Cada vez refresca más
a esta memoria
de que solo se debe vivir
mientras él sigue su paso.

Vivamos

Vamos a vivir sin ataduras.

Bésame en el muelle,
ámame cuando yo no lo haga.

Bailemos.

Sonríeme y déjame en evidencia
que hace rato que ya me delaté.

Vamos a vivir este amor de locos,
sigue pensando que soy tu amargura,
y amárrame a ti mientras estemos soñando.

Vivamos
con pasos certeros y en falso,
con tu mirada resonante,
tu juicio y mi prejuicio,
con tu carácter de pocas pulgas
y mi genio a medio andar.

Vivamos
mientras tu sonrisa siga
sin oponer resistencia a mi mirada.

Gisela Fontainés

Ruptura Anunciada

Nunca me importaba el regalo,
sino el hecho de que viniera de ti:
saber que tenía entre mis manos
algo que venía de las tuyas
me hacía incansablemente feliz.

Por eso te pedía que me pasaras
las tazas de café,
las llaves de la casa,
el móvil,
y tus manos entre las mías.

No importa el tiempo,
porque, aunque mañana no estés
puede que vengan otras vidas para encontrarnos
y volvernos a amar.

El mejor regalo que me diste
fue tu incondicionalidad
a pesar de todo
y de nada.

Y aunque siempre fuimos
una ruptura anunciada

Te Propongo Recordarnos

todavía visto roturas de ti,
todavía me duele que nada pudo detener
lo que siempre supimos.

Los cobardes cuestionarán
el porqué de amarnos,
porque a pesar de haber sido
esta ruptura anunciada
no habría podido irme
sin saber que se sentía
amarte.

Ahora que lo sé
he decidido que te repetiría
en todas las vidas que vengan,
porque tú fuiste
eres
y serás

l a   v i d a   d e   t o d a s   m i s   v i d a s.

La Herida

No supe lo que era vivir tres inviernos continuos
hasta que **te** marchaste.

Yo,
que ya no sabía
comenzar un día sin leerte,
tuve que aprender a cómo lidiar con la guerra
entre tu ausencia,
mis ganas,
el llanto,
y las almohadas.

Que si alguien preguntaba
de dónde se alimentaba el Niágara
no quería rebelar
que era de tu rostro
en cada lágrima mía.

Que mi boca tardó poco más
de ocho estaciones
para no seguir en busca
de tu espalda.

Que mis manos se quedaron sin uñas

Te Propongo Recordarnos

y no por haberlas dejado
en tu piel.

Que la vida se me hizo
tristemente jodida,
pero sabía que todavía
quedarían rastros del sol.

Que mis pies
tan mal acostumbrados a los tuyos
tuvieron que aprender a acurrucarse
uno a otro
bajo las sábanas.

Que las fiestas
entre risas en la casa
se habrían suspendido
hasta nuevo aviso.

Que el corazón no entendía
cómo sonreías cuando él
se desangraba.

Que si tantos inviernos
me helaron el dolor,
no fueron suficientes
para anestesiar

                                        la herida.

Caducamos

Yo,
que solo había leído acerca del masoquismo
en los diccionarios,
comencé a entender su significado
cuando dejaste tus dientes marcados
en mis hombros y espalda.

Nunca había experimentado
lo vicioso que puede llegar a ser
el dolor desde tus labios
que solo me daban placer.

Masoquismo, lo bauticé
porque después
sin tus mordiscos
no existía forma de estremecerme
otra vez.

En masoquista me convertí,
y quise,
pero de ti no me pude ir.

Recuerdo que te dije
que no existía mayor acto de masoquismo

Te Propongo Recordarnos

que quererte con fecha
de vencimiento.

Y sucedió.

Sucedió que llegó
la fecha de caducidad
del contrato de pseudoamor
al que me ataste sin un
para siempre.

¡Caducó todo!

Tu boca,
mi sonrisa,
tu luz,
mi agonía,
tu locura,
mi manía.

Caducaron tus pecas
y mi contador,
tus caricias apresuradas,
y también mi despertador.

Caducaron los sueños,
las mañanas,
el café,
y hacer el amor
al costado de la ventana.

Gisela Fontainés

Caducamos como dos,
como historia,
como amantes,
como el principio que conoce el fin,
pero que se fue de boca
por siempre amarte
a ti.

Tus Sonrisas

Dormía del lado izquierdo de la cama
porque es justo ahí
donde también está ubicado
el corazón.

Corazón que latía noche a noche
cuando de tu mano
venía el roce
que empezaba con los pies
y terminaba con nosotros
de revés.

Me abrazabas al voltearme,
peleabas con las almohadas,
diciéndoles que me dejaran
para tú colarte en mis alas.

Así pasaban las noches,
los días,
haciendo de lo nuestro
la mejor de las fantasías.

Con café y toallas
iniciábamos las mañanas

que llenaban mi alma
con la mejor de tus sonrisas,
que por siempre serán
mis adoradas.

Eres

¿Qué tanto puede ser
el sol
ante tus ojos?

                                        ¿Qué tanto puede ser
                                              la luna
                                         ante tu sonrisa?

¿Qué tanto puede ser
la brisa
ante tu aroma?

                                        ¿Qué tanto puede ser
                                              la vida
                                                  ante ti?

Gisela Fontainés

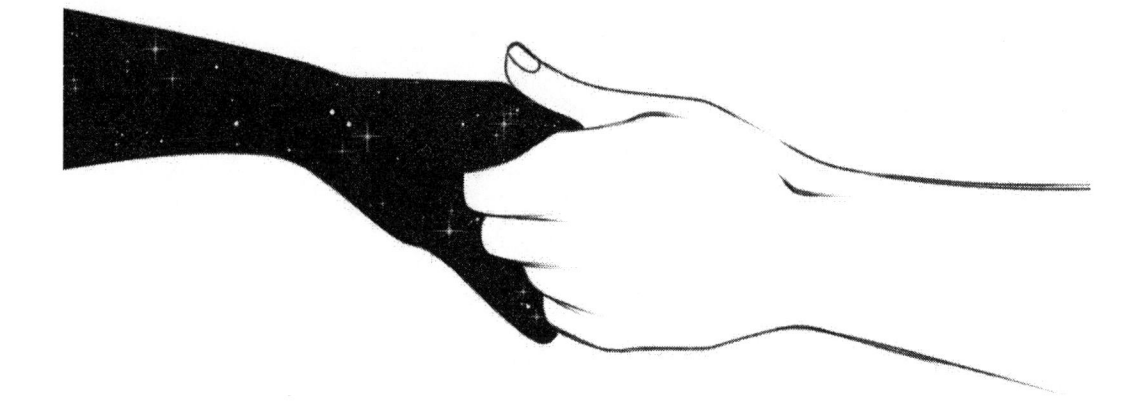

Luna

Ojalá supieras
que antes de cerrar los ojos
te deseo *buenas noches*.

Y veo la luna
deseando que tú
al verla
también pienses
en mí.

Ojalá supieras
que, aunque ya no estés
yo me sigo perdiendo
en tu mirada   c a d a   n o c h e.

Gisela Fontainés

Brindis

Que venga el vino
acompañado de tus labios

y que de tus labios
venga la vida
siempre.

Gisela Fontainés

Te Propongo Recordarnos

Para ti

Y que,
cuando mencionen
tu nombre,
no se me note
que soy
irremediablemente

t
u
y
a.

Credo

Si es verdad
que el viento
lleva mensajes,
espero que te susurre
que de ti
no hice un credo,
sino mi religión.

Y que,
más que creer
en ti,
creo en tu amor,
que es siempre,
mi amor.

Dormirnos

Hay
noches
perfectas
y
tu
sonrisa
esperándome
antes
de
dormir.

Causa y Efecto

Si hablamos
de casualidades,
tú has sido
la más bonita.

Si hablamos
de casualidades,
también has sido
la mejor.

Si en el camino
la causa nos rompió,
que sea entonces
la bendita casualidad
la que nos vuelva
a juntar.

Siete Vidas

Si acaso esta vida
nos llegase a quedar
pequeña,
vendrán más
para que mis manos
sigan aprendiendo de memoria
el recorrido de tu ser.

Y para que tu mirada
continúe estrenando el amor
día tras día.

Porque si una vida
no basta,
muchas serán insuficientes
para este amor
—de locos—.

Gisela Fontainés

Mi Mundo

Porque
absolutamente tú
eres todo lo inigualable
de este mundo…

mi mundo.

Amarte

Entre todas las artes
la que mejor
se me sigue dando
es la de am[arte].

Gisela Fontainés

Tu Boca

Hay respuestas
que no se hallan
en las palabras,

sino
en
la
boca.

Ámame Siempre

Si tuviera
que escoger
un lugar,
escogería tus ojos
mirándome siempre
como quien recién descubre
el amor.

Cosquillas en el Alma

Que hacer bailar
la comisura de tu boca
sin la mía
rozándola
sea siempre
la ventana
a nuestra ilusión
de gente desquiciadamente
enamorada.

Doce Meses

Todavía quedan
trescientos sesenta y cinco
días
para seguir
dándole forma
a la curva
de tu sonrisa.

Al Filo de la Cama

No existía
mayor frenesí
que el aroma
de su aliento,
ni mayores ganas
que las de estrujar
mis labios
en su pecho.

Y que,
si sus lunares
bailaban
al son de mis ansias,
siempre terminaba
su rostro
dibujando una sonrisa
al filo
de la cama.

Gisela Fontainés

Labios de Café

¿Cómo explicarle
al mundo
que no se ha tratado
del café?

Sino de lo precioso
que se pueden ver
tus labios
cuando los humedeces
en él.

Gisela Fontainés

Te Propongo Recordarnos

Mira cómo, al final, nada resultó ser tan malo.

Cómo, durante tantos años, fuiste musa de toda mi inspiración.

Nunca llegué a explicarme, o hacerte comprender, cómo era verte a través de mis ojos.

Tal vez le falten lunares a las ilustraciones que hice de ti, pero las plasmé hasta donde me alcanzó la memoria.

Así te vi durante muchos amaneceres.

Aun cuando estuviste ausente, el arte en general fue una forma de llevarte siempre.

Me gustó que estuvieras en mi vida.

A pesar de haberte dicho, y asegurado, que nadie más te amaría como yo, espero que alguien te ame mejor de lo que yo pude lograr.

Que el amor bonito, reciproco, aventurero, cómplice, y comprometido, te alcance y te quiera *hasta el fin del mundo*.

Pd: te propongo recordarnos.

Agradecimientos

A mis lectores, gracias por hacer crecer esta hermosa comunidad. A ustedes, todo mi respeto y cariño.

A mi mamita, porque todos, absolutamente todos mis logros, son para ti. Amor como el tuyo no existe.

A mi hermana, la mejor cómplice y amiga que puedo tener.

A mi querida Ana Dorta. Tu amor y la emoción que imprimes en cada corrección con la que me has ayudado al pasar de los años, me lleva a agradecerte eternamente.

A Josmeri Jimenez, por hacer de las ilustraciones algo mágico. Y a Alexandra Lemi, por ser mi dupla perfecta desde la primera maquetación.

A Maibort Petit, por deleitarme y honrarme con el prólogo. Gracias, siempre, por tu infinito cariño.

A Jimmy Vasquez, por sacar lo mejor de mí en cada fotografía.

A Yeni, por ser esa amiga que me empuja en mis días grises, y me celebra en los soleados.

A todas mis amistades que me apañan, y festejan, cuando hay que hacerlo. Que me apoyan incondicionalmente. Hemos aprendido que el triunfo de un ser querido es el triunfo propio.

A mi familia, gracias por siempre estar. Por cada ocurrencia, cada buen o mal rato... para las que sea, cuando sea.

A Dios y su infinita misericordia.

A todos, ¡Gracias! Desde lo más profundo de mi sentir.

Interactúa con la autora, Gisela Fontainés, a través del siguiente código QR y descubre más sobre su poemario *Te Propongo Recordarnos*, y sus proyectos a futuro.

GISELAFONTAINES

Made in the USA
Columbia, SC
17 November 2023